IAMIAM
APOCALYPSIS

T J PRICE

3rd edition copyright © 2023 T J Price
revised and updated

ISBN: 9781739327309

CAPITA

PRIMVM

Perpauci nunc inveniri possunt, qui cognitum habeant bellum apud illos, qui *Vietnamem* colant, quorum alteri *Vietconges*, alteri *Amici Nostri* vocarentur, olim gessisse Romanos. Ego Beniaminus Villardus in hoc bello, centurio cohortum et quingentesimae quintae et centesimae septuagesimae tertiae quae volat, etiam sacramento adductus ad manum investigantem observantemque, interfui.

Neque apud eos, qui excellentes de bellis scripserunt et rebus nostrorum gestis, veluti Iulius Capitolinus, vel Vulcanus Gallicanus, legas qualia narrabo, quia quo longius a Roma pugnant Romani, eo magis insolitis armis utuntur et alienas res adhibent, ex quo fit ut quas res infra nuntiem, ut puto, eis fidem minus facile des, atqui tales res actae, quales mihi describendae sunt neque quidquam aliud plus auderem quam gesta vera trado, quippe qui poetae viribus sane caream, quae necessariae fuissent mihi ut res fabellis tantopere augerem.

Iam igitur in illa terra stipendium merueram, sed commeatu domi nihil per animum agitare poteram praeterquam in *Boonios* redirem, eo usque ut nil responsi uxori loquenti umquam darem, donec, 'Aio,' proieci, cum repudiari velle dixisset.

Tum scilicet mature redii *Saigonem* et ibi in diversio cessans, *Ba Muoi Ba* cervesiam potans, dum aliquid agendum ex imperium (eius homines *Altiores quam*

Altiores nos protervi vocare soliti summus) mihi mandatum iri sperabam et dies inritos consumebam inter parietes, qui tamquam si propius imminerent, sentiebamque *Carolulum* in palude consedentem valescere, me in conclave in dies magis magisque laxare fierique imbecilliorem.

Sed etiam pessimi quisque, quid desideat, tandem accipiet, sic mihi aliquid agendum in conclave adlatum est, tamquam si ministratus sim, a duobus militibus, quos miserunt *Alteriores quam Altiores* qui suas litteras referent, qui me e crapula laborantem in balneum illico iniecerunt antequam ad *Nah Trang* (ubi stativa statio locata erat, quae exornata erat et commoda aeque ac domus) ad tres *Altiores*, qui fuerunt tribunus militum, imperator quiddam et Caesaris comes (hunc insignissimum virum infra nominabo) me deduxerunt.

Ibi quasi iudicium facerent illi, itaque, ceteris intentis, sum rogatus a tribuno, num solus clamque in hostes caedes saepius intulissem.

Dumtaxat respondi, quicquid iuberetur, actum esse.

Ille: 'In provincia *Qua Tri* priore anno ante quartum decimum Kalendas Iulias vectigalis exactorem quemdam interfeceris?'

Cui ego: 'Insciente me actum est, quodsi non, aliter dicere mihi numquam placebit.'

Ex improviso meis verbis contentus (item placati alii) is inquire desitum est, imperator autem hilaris, 'Cubitum ponamus,' inquit. Deinde, cibo adposito, cum ministrum mihi imaginem militis nobilis ostendere iussisset imperator, super cenam alias res agere coepit. 'Ecce,' inquit, 'Gualtherius Kurtz, dux, optimus vir, perbelle audiebat, miles eximus, disertus, perquam humanus, at olim in silvis versabatur, cecidit, nobis sane inscientibus, quod animus eius mutatus est, vel distortus, adeo ut altum ordinem contra spem aspernatus tiro se fecit et sacramentum cohortis, cuius viri optimi bellum clam in aere sublati inferant, dixerit, de qua mereri cuilibet, quamvis nuper adolescat, permagnum laboriosum graveque est, neque ille iam iuvenis est. Dehinc, a nobis comprobatus silvas rursus intravit (nam talem virilissimum militare prohibere dedecus fuisset) sed post nec paulo conticescit, neque ullum eius reportatum erat cum obnuntiatur bellum tam infando modo inferre ut Deus moveatur ad Rem Publicam funditus evertendum. Nunc audi sermones illius diffusione radiophonica captos, qui ex machina remittentur. En alienissimae res, quae is per animum agitat.'

Prima eius verba, quae statim uncum in me posuerunt, tum audivi: 'Cochleam serpentem trans novaculam observavi. Hoc vero est mihi optabili atque horrori, quod secundam novaculae aciem lapsus supersum.'

Secundus sermo erat: 'Sed necandus ad unus homo quisque, et cremandus porcus quisque, alius ex alio, vaccae, alia ex alia, vicus, alius ex alio, exercitus, alius ex alio. At mei fratres amicique, qui nihili veritatem aestimant, calumniam adhibent cum me sicarium nuncupent, atqui quid calumniae est quod sicarii sicarios accusant? Mendacium dicunt. Clementia nobis utendum esse ii clamant, quia esse sancti volunt videri. Religionis causam inferunt ut fraudem dissimulent. Odio vero sunt mihi infensi hii duplices.'

Cessata machina, tribunus lamentans submissa

voce, 'O improbatum,' inquit. 'Male, tam male factum. Manifestumne est, Villarde? Ne aliter credas, scitote adeo depravatus fieri ut cum exercitu privato ultro fines in *Cambodia* castra posuerit et ibi, nam harum rerum per rumores compertum habemus, ille, cum perinde ac si Deus ipsus sit se ferat, a suis colitur et bellum magna licentia gerit nec quidquam iubet, quamvis insanum inhumanumque sit, id sui libenter exsequuntur, cum, quod a Deo confirmati sint, nihil indecoris se posse facere credant, iniussi a nobis igitur, sic trucident ut plebs nostra detestetur, si quando has cognoscant, quod illius milites Religionem nostram stercus quidem reddant. Sed iam aliquid magni infandi restat ut te doceam. Ante a nobis discessit, ille erat in eo ut deprenderetur homicidii accusatus.'

Vix ego auribus fidere possum. 'Homicidii?' inquam. 'Nescio an perperam teneam.'

'Quare non? Is homicidii accusatur.'

'Quemnam?'

Imperator militum pro hoc tamen mihi respondens, 'Gualtherius,' inquit, 'complures, qui hic nati sunt, nobis autem favebant (licet pulchre dicerent illi fortasse ut nos fallerent) iugulandos curavit accusatos alterae partis favendi nec quidem umquam e nobis num sibi liceret requisivit, id quod praecipue lugemus, nam imperio modestus esse ducem etiam semper oportet. Nonne quidquam aliud est maximum dedecus, Villarde?'

'Est ita.'

'Quin immo in clangore belli leges semper existere oportet, attamen apud Martem res magnopere turbantur, ut potestas, ut mores nostrum maiorum, ut honestas, ut corruptio, vero omnia facilius misceri possunt. In hoc loco a nobis amici patriaque sunt procul, summus enim apud homines qui secus putant sentiuntque, qui quidem laeti sinent aliquo pro Deo se incedere, quod turpe est illecebrosum imbecillo animo, sed etiam fortis vir in hiis silvis convallibusque inauspicatis mente captus fiat eo ut se in coelo inhabitare fingat, humanitatis obliviscatur. Nam in homine quoque quae est bona pars, quae est mala semper inter se confligunt luctantque, ut bona victa mala victor subinde animo menteque potiatur et in ullo bello saevo, ut quale quidem hic et nunc gerimus, ne optima quidem mens a sensibus interdum sevocari potest prohibere, itaque, mores illi, quos Abraham L. noster nominavit angelos nostros praestantiores, in mente cuiusque aliquando superantur, demens, neque ratio illum facile obtinet rursus, quae quidem res se habet apud nostrum Gualtherium Kurtz. Nonne, Villade, hoc in aperto est quod insanus est?'

Verborum illico finem fecit et omnes quisque me spectat magnopere sperans, ut mihi videntur, me consensurum. Sane dicens cautius, 'Aperto,' inquam.

Ii momento alio silentio se retinebant deinde spiratum singuli laxaverunt et, dubietatibus curisque exsolutis, docent me expeditis vocibus quod agendum fore: *Adverso flumen* Nung *in navicula eat eo, unde illum profectum esset. Subsequatur, quoad de illo quodcumque discat quidquid possit. Manui eius inventae subiungat. Imperium deleat.*

Quod necopinus audivi, 'Deleam,' inquam, 'velitis dicere ducem ipsum?'

Imperator militum, 'Diximus quod diximus. Ille ibi

impavidus quidquid velit conficit, quamvis infensum sit, et a nullo e nobis prohibetur. Nonne serius nostro viro sit, tenes?'

Comes Caesaris, qui adhuc tam parva verba fecerat, nunc demum impatiens, 'Extermina,' inquit, 'sine humanitate.'

Tribunus addit. 'Res agenda est obscure. Intellige ut ea verba in silentio necessario requiescant per quod omnium temporum restet, atque aliquid dicere erit rem capitalem.'

SECVDVM

Eo iturus eram, ubi gentibus ceteris longe pessima erat, sed id tunc nesciebam subiens secundum flumen, cum simile esset funiculi vi invisibile ducenda, iam me in Gualtherium recte insere sensi.

In navicula e plasticum facta (res pavi pretii tamen vero utilissima, etiamsi mundum saepius veneno imbuit) vehens, cui gubernator (quem Gubernator vocabamus) erat homo contumax, *Charon* quiddam secundarius, quem infimos homunciones illuc transportare Dii iusserant, qui aliquanto aetate provectus erat, ceteri autem navitae adulescentes erant, laeti, acrioresque, metuentes quoque, saltatores quidem capulares, quorum ex tribus unus Coquus vocabatur, quia in Patria coquus fuit, tunc autem erat faber, qui et simplex et trepidus erat, quem nimium involutum esse, censebam, quam ut in *Vietname* commode versaretur, item autem nimium verisimile in patria. Alius Salus vocabatur, qui scymnus coitu in cloaca conceptus, in stercore educatus, innocens sane videbatur, vidi autem ut *Vietnamis* sol in capite id, quod vocabatur *Zappus* in eo loco, hic amentia, collocavisset, quam ob causam putavi fore ut mens propediem dissolveretur. Tertius navita Lancea nomine erat inclutus stando in tabula, quae a fluctubus vehatur, nam hic erat, quem *surfer dude* a barbaris vocetur, qui tam pulcher facilibusque moribus habituque fuit ut umquam arma rapuisse aegre crederes.

Nimirum cum talibus res pertinentes ad Gulathium K. peragere nullo modo mihi placuit neque oportuit, potius finium mihi misso explorandorum causam intuli, quam gubernatorem protervum ex alto esse habere facile sensi. Hic tantummodo dixit: Se nonnullos ad explorandas illas partes vexisse et de uno, qui ultro pontem exisset, ita se aure ex quoddam garriente cepisset, vim ei ipsi intulisse laqueo. Quandoquidem hanc sine maerore enarravit, mihi destinatum est eum cavendum esse perinde ac si hostis esset, quod quidem melius semper est, ut solitus est avus meus admonere, his verbis: Propioribus uti saepenumero est aliquem nocivum attrahere. Talia autem, mecum habens, cogitabam, cum Salus manu altissimam caeli partem demonstrat clamatque: 'En,' inquit, 'arcus luminosus adest.' Fere simul tonitrum audivimus et paulo post, haud ita autem eminus, fumum ex silva orientem conspeximus et multos *autogyrones* volentes. Scitote in hiis vecti sunt, qui equitatus nuper erant, equos tamen vendiderant ut mechanicas illas, *Hueys* vocabantur, emerent. Mihi autem fugit dicere in loco proprio me ab *Altioribus quam Altioribus* cum illis hominibus convenire iussum fuisse, neque in illo loco, potius alia tria millia passuum iuxta fluminis caput, vero haud mirandum aliter res evenerat, cum illi volandi potestate multo delectaretur et in excelso vitam agentibus fruebantur ita ut non diu sibi temperare possent quin incontinenter ad omnem locum se moverent, quocirca tunc nos ipsos maxime festinare, ut ad illos mature appropinquaremus, iubeo. Ubi primum propinquius appulsi summus, armis raptis, per silvam minus cauti solito procedebamus, donec in vicum et igne et ferro et glandibus redactum introimus, ibi apud nostrorum perturbationem in quamcumque partem oculos adverterimus cadavera conspiciebamus, cum sublata voce aliquis nobis imperans audimus. Ille,

'Pergite,' inquit. 'Nolite machinam, quae oculum habeat, intueri. Nos televisionis causa adsumus. Ut mores spectatorum, qui lepidis generis sint universi, satisfaciam, quodquod in usum venit ostendendum mihi, nihil ludorum, quaeso igitur agete, praeterite, quasi nullum insolitum animadvertitis, tamquam autem pugnatis. Procedite. Nolite machinam spectare.'

Qui ea verba fecit, eum in Vietcongis cadavere inscite stare vidi, at deinde cecidit quod legatum aliquem qui demorari poteram inveni, e quo petivi, ubinam cohorti dux esset, quippe cum illo res mihi esset.

Hic, 'Propius est,' inquit, 'ut caput tuum graviter contacturus sit. Quin veni.' In tempore raptus ab eo detractus sum. Ecce, ubi steti, locum *autogyronis* devolatus extemplo tetigit. Continuo e machinam exsilit vir speciosus, et prodiit, circumspexitque, incommodum se praebens mox iussit suum quemdam palmas proceras non ita procul stantes comburere, ut, loco dilato vacuoque facto, aliquid spatii spirando daretur. Tunc facultatem oris ostendendi cepi et conaturus eum alloqui, tamen perpauca verba feci, cum ille se conversus incipit e parvis tabellis, quas complures variis coloribus habuit, unam in singulorum Vietcongum mortuorum frontem clavulis incussis marculo utens infingere, sed rei rationem in hoc loco referentem non posthabere lectorem credo, scito igitur virum tabulam flavam singulis vilissimis tribuere solitus est, et viridem medioximis, rufamque optimis, ut hostes intelligerent cum qui suos necarent, tum nos etiam bene nossemus illos nosse nos nosse. Ut ita esset, Dux autem dum navat, exclamavit: E toto hostium hic nullum tanti esse quem necavissemus. Tandem, me animadvertit et, 'Quis es?' Inquit.

'Quem te consulere,' inquam, 'de rebus obliquis *Altissimi Nostri* iusserunt.'

Tamen mandatis scriptis expansis ut me ad fluminis *Trang* fontem versus conduceret, aspernans negavit rem ad se attinere. Antequam respondere poteram, eius oculi in hostem vulneratum humi iacentem forte cecidit et suus, ab illo quaesitus quid esset hominis, dixit, eum catinum ad vulnus adligavisse, ne pugnare desineret.

Dux deinde, 'Mirum dicis. Videbo. En, viscera e vulnere se effusura est, sed ad foramen craterem pavum aptavit, sic ut dixisti. Sed nunc morti proximus est, etiam nunc vim verborum effert. Quid maximi interest? Converte mihi sua in sermonem nostrum. Sitne quid puto? Animum praeclarum ut recipiat orare Deum?'

'Immo vero, Deo conviciatur, quod plumbeum nostrum non averteretur, sed nunc praesenti aquam e nobis flagitat. O audacium. Per me hic Clivus e fossa bibat.'

Dux autem incitatus, 'Cuilibet,' inquit, 'tam forti est, qui cratere alligato pugnet, hercule aquam meam dabo quam imbibat.' At etsi lagunculam promovebat, tamen ne gutta quidem rimosas labias umectavit antequam a suo legato Lancea noster demonstratus nominatusque est, quo audito, laguncula neglecta omissaque, morientis oblitus sitientis nominem agnoscens cum, ut supra scripsimus, praeclarus esset *"Surfer Dude"* et illico igitur ad eum se contulit salutum exceptumque laetus quidem perinde ac si coelum digito tangeret. Admirans exsultansque 'Summo honore afficior,' inquit, 'quod ades, beatitudineque, hos iam enim multos annos te verentes observamus per eos, qui testificari possint te, inter eos qui in primo extremo tabulae vehantur, permaximi aestimari, item, an ullum modum tuo in fluctus vertendi beatior sit, haud scimus. Debes statim salutare Michaelem et Iohannem, qui apud nos haud inepte in tabulis vehi solent, quamquam tecum non comparandi sunt. Nosmet, cum res quaslibet confecimus, vesperascente ex nostra sententia est ad *Yung Tan* ad lympham capiendam libenter abvolare. Dic, postquam hinc venisti, veherisne in fluctibus saepius?'

Lancea, 'Haudquaquam,' inquit, 'cum mihi iussa observanda sint ducum.'

'Per me tibi modestia nihili fit. Scito qualis sim, qui pedem dextrum libenter anteponam.'

'At tali numquam occurri quin mihi gratus esset, namque huiusmodi ludibundus semper est et videlicet perquam placet.'

'A tali critico, sagacissimo immo nullum laudis melius accipio.' Et cetera dicta erant.

Interim, tumultum circum nos intueri coepi, nam, cum ex militibus alii ducunt in Hueys paganos, quos incolumes alibi collocent, alii tuguria eorum acriter accendunt rimanturque, demum omnes spectaculum creabant. Nemo tamen alias res praeter ad quas subvertendas spectat, ita ut, cum puella flens apparat, unobservata est praeter a me, sed citior quam me promovere poteram, in *Autogyronem* orientem rem inicit, qua post minutum spatium temporis id in aere sonitu magno diripiatur, et, frustis metallicis passim conspersis, in fumo igneque magno evanescit, qui omnes invecti manifeste interfecti sunt. Haec fieri et quemadmodum fieret Ducem non effugerunt, ideo ille statim puellae animam restinguere suos iubet, deinde omnibus imperavit, quia gubernatorem *Autogyronis* honestum bonumque hostes nobis turpissime ademissent, ut nos omnes brevi spatio linguis faveamus ad maerendam nostri mortem cum silentio. Dum autem hoc agimus alii sui iam operatus sunt in puteo occaecando clamantes coeperunt dicere, 'Ignis in caverna,' cum puteus sonitu permagno eripitur.

Exinde Duce, facto rabido, urgente, multa improba agenda erant, qua de causa melius ego arbitrans, dum sanitas illius reficeretur, paulo medio cedere ut rusticos reliquos (qui pauci nondum mortui sint) quid de Gualtherio K. compertum haberent percontarer, quare mox reperi nomen eius ob famam obscenam multos ibi iam nosse, quod procul civitatem anthropophaghorum administraret, ubi templum ad Mortem consecratum habitaret ac spiritum e Booniis exhauriret sorberetque, ut potissimum valeret.

Vico deinde multo die pacificato et vaccam ab *autogyrone* importatam et dimissam in locum nostris delaniare iussit Dux et, cum visceris conspectis extispex, Iomimi nomine, illud bellum Ducem maxime facile superfuturum praedixisset, coquere, ideo circum focos cubitantes omnes nostrorum perbelle tandem epulabantur, cum psalleret aliquis ut ceteri auscultarent delectantes, tamen quo magis, tamquam si domi essent, metu vacui se senserunt, eo magis patriam desideraverunt. Utut ita res se haberet, quoniam animo laxato potitus est Dux, me adesse animadvertit, recordatus verborum mei rogavit: Quid ista ex Altioribus fierent?

Ego in carta expansa digito ubi me fore vellem demonstravi. 'Ultra hoc locum negotium mihi est, tibi autem me ibi sistis.'

Signum in carta intuebatur, respondens, 'Vicus,' inquit, 'istius pilosus est, quia bene paraverunt Carololus, ut ibi se defenderet.' Conversus, aliquem e suis rogans, 'Michael,' inquit, 'quid tibi is vicus hic, vide eum, in hac carta?'

Ille, 'Hoc est quod *Vin Drip Dop* vocant. Flumen prope eum praeterfluens excellentiores vertices dat. Est fas dicere confiterique quique fluctum sex pedum alto esse, cuius utra pars se multo longius teneat atque cavum perquam magnificum praestet.'

Mirans Dux, cui nomen esse, tantum quod nunc reminiscor, Kilgoris, 'Qua re,' inquit, 'hos dies multos rem iam numquam palam facis? Num in dies egestatem fluctuum in hac terra laudo? Nihil temporis aestus hic mihi fuit gratus. In omne loco tam tenuis liquida est.' Sic continuat stomachosus donec Michael queribunda voce, 'At perquam pilosus locus est,' inquit. 'Ibi MacDonaldus noster interfectus est. Ibi magnam iniuriam accepimus, quia Carolulus iam multos dies agros et ripa qui secundum sunt flumen obtinet et quid vellit facere ibi, ibi facit.'

'MacDonaldus? Num mortuus est MacDonaldus? Ante nunc nesciebam. Quando malum accidit?'

'Cum dies tu festas in Tokyo ageres.'

'Male de MacDonaldo. Tam tacitus. Non putares Orcum eum reperire potuisse.'

Deinde, quoniam cum admiratione in quietem raram incidit Dux, occasionem nanciscor, 'Cras,' inquam, 'prima luce, perbellos fluctus capiemus, dum ad locum citius perveniamus.'

Gubernator forte adstans, qui semper mentiones adversus me serere ad alios paratus fuit, 'Eo,' inquit, 'naviculam dirigo nimis difficulter propter cautes.'

Dux paulisper meditatus, 'Sed multo facilius nobis erit,' inquit, 'ultra cautes sublatam istam *autogyrone*, quasi infans sit, deponere, sed ante hoc confectum erit, videbitis nos esse, qui in aere potissimum valeamus, nam ubi venerimus, igne, plumbo, ululato metallo, hostes e foraminibus celer repere cogemus.'

Atqui nihilo Michael minus timens, 'Locus importunus est,' inquit, 'maximus pilosus, Carolulus ibi exagitat suo arbitratu.'

Dux diu gliscebat, tum demum mirum in modo iratus fit exclamans, 'Carolulus tabulis in fluctubus non fruitur,' inquit, 'sequitur igitur ut Carolulus iniuste locum tam lepidum terens, similis canibus illis in prata, ita ad Orcam iuste dimittatur. Quin immo, deiciendi ii est officium sacrum nobis, ne fluminis numen, fluctibus aspernantibus, religionis nos opum privet, ad summam, tempus est illos clivos extergere.' Tunc verborum finem fecit et quod foci erant caduci, somnium cepimus, (antehac litteras mandatarum curavi ut concerperem ne navitae pariter ac Dux invenirent quod agerem).

Profecti, ne fluctus incassum ortantur cadantque, postridie ante soli ortum, *autogyronibus* advolavimus locum minabamur, id quod illos sane indigne ferre sensimus quanto glandium in nos iniecere inciperent, sed magis retulimus non solum cum plumbis sed etiam sonitu permagno ex ore obesae, quem Germana ab *Wagner* compositum cecinit, idcirco omnium aures percussimus ut nostris plus constantiae daremus aeque atque plus consternationis hostibus, cui rei etiam ignem tenacem (*pyr kolletikon*, res ex Naphtha et Palmae olla composita ita *Napalma* vocatur) urceatim defusam addimus, exinde illi ab flammis multi, ubi starent, velocius cocti sunt asparago. Tandem Germanam deiecit Dux, quae tam obesa esset ut, cum in hostes incidisset, animas complurium e corporibus tempestivus exprimeret. Noli autem te movere quod illa cadaver fit, quia ea tamquam follis resilit, itaque denuo uti poterat.

Multum perfunctum erat, quamquam, cum terram tetigissimus, illorum viventes paucos relictos esse intelleximus, licet partim tosti sint, quandoquidem ex aliis partibus in nos glandes multos coniiciebant, Dux tamen ferox ex *Huey* exsilit et suos iussit culices exagitare depellereque, deinde Lanceam pavidum avocavit ex illo loco, ubi iacens terram complectebatur, rogavitque quid de fluctibus opinaretur. 'Nonne,' inquit, 'mi puer, tempus maximum est fluctus adoriri?'

Ille vero confitetur: Eos perbelle cadere in utris partibus, ut dicerentur, tuborum arcem esse.

Quibus Dux auditis acriter imperat ut tabula rapta in aqua eum statim conferat.

Lancea noster haesitans, 'Nonne pilosum est?' Inquit. 'En, hostium plumbeo fluctus infestantur.'

Respondens Dux, 'Quid dicis? Vix exaudio. Quantum strepitus illi *Clivi* generant. Noli sollicitari. Mox nostra *aeroplana* magna avocata pervenerint ut cuicumque reliquo cum vi *Nepalmae* zamiam dent.'

Dum dicit, e nescio quo puella flens apparavit et rem in *autogyronem* oriturum iniecit, quem volentem sonitu permagno diripuit et frustis metallicis passim conspersis cum et fumo igneque magna, quaque re sine dubio invecti omnes interfecti sunt.

Admirans furensque Dux, 'Idem,' inquit. 'Hic puella quaeque magno periculo detrimentoque nobis est, dehinc igitur nobis omnes earum caedendae sunt priusquam aliquid aliud egerimus, alioquin nobis nihil *autogyronis* citius quam mox erit. Peius quovis nos feminae in illis locis debilitant, nonne est ita, mi legate?'

'Ita vero.'

'Quin ergo neca eam. Flens illa in animum meum dolerem infert.'

'Faciam utique.'

Qua re mature facta, Dux continuit dicere. 'Iam iam paulo spatio linguis faveamus ad bonos lugendos amissos in silentio.' At cum tunc haec dixerat, *aeroplana* pervenerunt et tam magnam copiam ignis tenacis deposuerunt ut silva tota flagraret et cum fragore aures crepito infesto complerent facerentque nos surdastros. Obtusos esse homunculos, quippe qui tunc percocti essent, ita ut non in nos iam glandi iniicerent, naribus modo sentire poteramus. Ubi tandem nos omnes auscultare rursus poteramus, Dux meditans, sibi, ut visus est, 'Magnopere gavisus sum,' inquit, 'cum bene mane sentio naso *Napalmam*. Nihil eius similiter odoratur, praeter Victoriam ipsam.' Tunc circumspiciens denuo laetus, 'Amici,' inquit, 'fluctubus confestim utamur.'

At frustra loci numen allocutum est, quod vi incendii ventus ad terram versus flare coegerat. Lancea, hoc senso, desideratione plenus, 'Haud dulcis est,' inquit. 'En, fluctus non usui voluptatis iam sunt apti.'

Ducem pertaesum est et, 'Quid?' inquit. 'O fortunam scelestam. O futilitatem. Sed ecce, spem dimittere recuso, potius Fortunae me obieci.' Statim vestimenta momento temporis abscidit, tabula rapta, non autem se iniecere aquam posset, antequam sui eum prohibent obtestantes, magnis vocibus, 'Bone vir,' inquiunt, 'ne periclitaris. Si ventus contra te tam procul in flumen pellat ut redire non possis et aestu afferis ita ut repens ad nos a cautibus genua radantur, qua causa diu in tabula vehi coactus sis, magnopere facilius neceris ab hostibus. Vide naviculam horum hominum ab nostro *Huey* in liquida imposuisse, tempus igitur adest ut Laceam ad eius ducem remittas, sed dummodo spondeat rediturum atque tabulis nobiscum utatur.'

Hiis verbis et eiusmodi aliis multis id tandem effecerunt ut aequum animum institissent Duci, qui tum mihi imperavit monuitque ne reventum facerem nisi Lanceam simul integrum mecum reducerem.

TERTIVM

Iter navale sine mora carpere coepimus per terram mihi ignotam, ubi in utraque ripa et vici vacui et agri caduci templaque ad ruinas redacta sita erant et omnino depopulata videbantur. Sed quod diu nihil evenit, quod utique narrari meruit, et cum nihildum ex hostibus actum esset, ac maiorem partem diei navitae libenter apricabantur, hoc loco igitur utiliter usurus sum cum gratia lectoris, fortasse, ad mechanicos exponendos, quos in hac terra pugnandi bellandique causa saepenumero adhibebamus, quoniam certe teneo ibi vehicula moveri vi neve caballorum neve servorum tibi rem perquam monstrabilem fore. Scito ergo, mechanicas quasque instructas fuisse cum cista quadam, quae est similis hominis trunci, quia intus machinationis partes partibus nostris respondent, velut venter, renes, pulmones, adeo atque haec cista nobis similiter potat, quamquam oleum solum quondam, *petroleum* vocabatur, quod, certe habe, nobis bibentibus sit mortiferum. Adde huc, quod illi machinae semper mortui sunt donec cum scintilla convulsioneque reviviscit eas aliquis, quo sic fit ut se acriter calefaciant, deinde operantes axes illorum quosque summa vi torqueant. Ad extremum axis vel rotis vel pinnarum orbibus instructus est, e ferro fabricatae, quibus celerrimine versantibus, ut turbines versant, hoc modo vel *autogyrones* vel carros vel navicula incredibili celeritate porro agant. Sed nunc erunt, non dubium est, qui rogent quamobrem eadem militibus nostris Res Publica non praestet, quippe qualibus videlicet omnes hostes, Germanos praesertim hodie, perfacile redigere possimus? Querentibus dico Comitem Imperatoris, de quo supra legisti, quem hoc loco nomino tandem F. F. Coppolam, magnum negotium in armis fabricandis habuisse, ubi talia arma facta esse, qualibus nostri uti iam haec saecula innumerabilia consuescant, et eadem ii in Re Publica versantes vili coemere ut militibus magni venderent, neque legibus obnoxii quod depeculantes, qui sint Imperatoris ministri, conivebant, ex re fieri ut illum eo magis locupletarent, quo magis ille eos corrumperet, id quod est cur hodie etiam alia telia aspernantur, quin etiam, dum obscuro ea obruuntur, fiunt sine cura caedes nostrorum.

Interim, dum haec tibi tam simpliciter enarro, ceteri in flumine vecti apricantes subinde sermones reminiscentes pristinae vitae habebant, sicut Coquus, meditans ex alto, rerum, quas saepe precatus esset et somno nuper videret, nobis redidit: Se cum garo feminae, *Raquel Welch* nomine, praeclaras mammas oblevisse et manibus tremulatis eas civisse, deinde demum cucumerem maximum prae se ferret ut … Tunc maxime Gubernator exclamans, 'Ista,' inquit, 'in mentem induxerunt ieiunum me torquere et quia obsonium nobis paene deficere incipit, in agros pabulatum ire debes. Quid nunc, para, age, ne diutius egeamus.'

Sed in suo loco proprio supra referre mentionem omissi, Coquum se a terrestri itere abhorrere professum esse, at quid cui religioni sic obtemperaret, nondum ex hunc poposci, tamen cum Gubernator iussisset et ego videns virum territum esse, recordatus verba, et ob pietatem erga genus nostrum, navicula ad ripa appulsa, ultro eum comitavi ita ut et eum confirmarem et satis copiae, quam melius quattuor manibus portaretur, haberemus, neque rursus utique ob causam pabulandi moraremur. Itaque nos una per silvam badizare coepimus, fructus colligentes et boletos nucesque, simul sermocinamur et quae dicebamus ibi, hic ad litteris mandare velim.

Ille rogans, 'Ante bellum,' inquit, 'quid egisti quod in hanc cloacam incidisses?'

Ego illi, 'Nihil mirum crederes me aliquid criminis admitterem qua re ad evadendum huc confugissem, at exlex nullo modo fui, neve videlicet rusticus neve plane servus, potius, etsi me eques patravit, tamen Romae cum scortis et in aleis ludendis et temptandis Fatis tempus triti usque eo ut omnia, quae spe mihi pater vellet, ad vana et irrita redegissem, atqui nihil tam grandium me dedecoravit civem ut pudibundus ex urbe melius profectus sim, sed ubi aere alieno sic opprimi coepi, ut e foribus umquam exire ubivis frequentare vererer, accidit ut pestis Romae per vias vagari coeperet. Male tam male cecidit quod nulli creditores luem nacti sunt et ad silentes transportati, aliter cum amicis res fuit, sic est Fortunae, hii multi quidem suppeditaverunt ossa sua ex quae crotala fecit Dis, nemo autem, ut dixi, ex illis, itaque, quoniam paene fui in eo ut exheredarer, vel a morbo vel a patre irato, reri coepi omnino non parum fore ut in huius gratiam in futurum restituerem virtute militis famem persequendo, simul atque ob pestem profugerem et discedentem eius toxicum evitarem, ne etiam Romae ab inimicis deprehenderer, exinde placuit demum haud tarde Fatis urbem focumque dedisse et hic stipendio merendo salutem adepti.'

Comes valde mirans, 'Attamen,' inquit, 'ista audita, mihi hoc succurrit, quod Fortuna tibi plus benigna fuit quam mihi, utpote qui coquus semper sim et in coquendo plurimum valerem et valeam, neque idoneus sum, quin eamdem rem agam, ad summam, nullum citius quam coquere peto, languidius pugnare, atqui Fortunae meas aliter constituere placuit, alius enim quidam mihi clam aemulatus, qui me e loco culinae depellere vellet, pro amico cedit ut, si quando deficerem, mea causa res ageret et, cum demum ei fiderem, in popinam aliquando me comitaret, ubi me insciente veneno potam meam infecit, a quo, cum in venis coisset malum, usque eo dementiae concitatus sum ut nomen legato militaris darem et postridie huius diei, cum ad me redissem, rei doctus, ab summo admirationis prostratus sum, in insula adhaesi, non aliter poteram, sed deinde ad me milites accessi, cum recusarem et vociferans me coquum non militem esse, tamen in navem me caudicem exstirpatum tractatus, simul ac aiunt, "Praefoca clamores, quia legatus noster nihili faciet quempiam se improbum adaperientem ad infesta arma, immo maxume odio ei fias, si coquum te audiverit, quod excellentem se ducit, sane apud legionem, alios facilius non patiatur, ideo ne tibi invideat vocabulum coquus numquam transmittis." Posthac proclivia omnia sunt, nam per menses altum mare navigamus nauseo interea fame paene enecor, ac peius in hac terra fit, quoniam simul atque eam tetigi, ad militis figuram me, laboribus gravissimis inflictis, finxerunt, deinde attributus tiro turmae, cuius veteratores me vix militem habebant et inexperto fidere nolebant, ne perperam adeo facerem ut cervices suorum in discrimen temere inducerem, itaque ut me experirentur et num citius vita noxalis praecidi deberet quam obnoxii forent, eo ubi nuper pugnatum erat, in quo loco scilicet magnum acervum cadaverum relictum fuit, seductus sum iussusque me ex capite sinciput unius cum pede feriens expellere adeo ut reperirent utrum apud Mortem restare possem necnon, et rogatus parui, existimans eos me, si negarem, necaturos, opera etiam potissimum dedi ut homunculi caput cum caliga, ut dicam, increparem, et eo certe curavi stercus pro cerebro, quod intus haberet, inaniendum, laboreque confecto, decurio quid sentiam requirit, egomet non habeo quod dicam nisi me esurirem, nam ut tibi dixi cibum in navem numquam retinere poteram, accedit quod in terra in castris cibum me nauseat, macer paene consumtus sum, sed illi hanc rem ignorantes, inquiunt, "Isto alvo monstrabile inexcussoque valde permovemur. Mors tui ventrem sane comprobat. Bene brevius, qui natus necare sis, dehinc quanticumque tibi placueris, tot interficere poteris." Postea, mihi credis, multis caedibus interfui, vix ex mea sententia neque sperare poteram me ipsum bellicosis hominibus superfuturum fore, sed hoc perverse accidit, quod singuli comites pugnantes Mors excepit, vel avide quidem eos eripit, dum hodie ego solus spiro, sed non diu me parsum fore suspicabar, quod nullum mihi bonum in hac terra eventurum est et Fortuna me usque ad illum tempus conservavisse, putabat, quo melius mea nece frueretur, cum Ea inopinata erga me benigna tandem se praebet, ut videtur, nam legatus, censens deum quemdam me ultimum fore hominum e legione indixisse, ut fatum ab se averteret ad naviculam me attribuit, ubi hos menses iam praecipior, quia nullum meticulosum egomet capio, dummodo in aqua remaneam, accedit quod, ne quid umquam mali mihi occursurum sit, Deae terrae pollicitus sum, ne haberet quod mihi irata sit, me eius regnum numquam iterum invasurum. Donec hoc diem promissium facio.'

Ubi primum dixerat, fortasse Dea ipsa exaudiebat, quod fera immensa, fremens ex arboribus se praestitit et oculis torvis nos contuitus est, dum manuballistulam exprompsi, tum ex vestigium effugit perterrita, ut si se pro cibo parere me velle putaret, sed, cum de re iocare coepi, conversus, Coquum aberat. Fructibus autem carptis, tandem mihi reditur, hunc conspicio, qui in navicula in fundo se conglomeratum et infimas tabulas rodere videretur, nec brevius temporis se solveret, ut cibum coqueret, quam gubernator, qui iratus truculento vultu primo obiecerat minatus, omnino autem nequidquam, demum maxime ab fame incitatus iusiurando pollicitus est a se in terram egredi non umquam rursus coactum fore. Coquus ab his confirmatus, expeditus, frustro *Mixti IV* accenso escamque coctam bene sapidam nobis imposuerat, cum ego simul ac fames depuli eum rogavi (quoniam inversione facta adhuc gavisus sum) num ironiam esset, qui pabularentur, pabulum paene se pabulo praebuissent? Quae in adversam partem adeo accepit, ut in me, in rem publicam, in *Alteriores quam Alteriores*, quod omnes mirus in modo acriter mundum ad vanum et irritum per suam insanitatem redigerent, acriter inveheretur. Ceteri orantes ne male diceret, mox inter se altercari coeperunt, praeter Gubernator, qui cum primum silentium obortum sit, Coquo, quia suam malignitatem ei paulo mitigavit ob ventris causam nam eam solam verebatur, lenius dicens, 'Licet,' inquit, 'ad rem ipsam recte dicas, noli tamen oblivisci fidem meam, ne rursus per *Boonios* abeundum tibi sit, sed id efficere possum quod tuum locum periculosum, philosophus noster, quem unum ex ceteris iuste culpas, nunc obtinet, ita ut Gubernator ego decernam.' Talia efferens me contumeliose indicavit. Continuavit dicere, 'Scito hoc quoque, ubi tandem homo discesserit, eius mandata, quanta ad nos pertinerent, evanescent et statim ad nostros sine dedecore conferemus.'

Coquus ei, 'Pabulum deinde, quis in silva eum congeret, si rursus non me?'

'Lancea et Salus.' Querulis eorum statim ortis protinus dixit, 'Salus et Lancea.'

Animorum fractio per talia verba inter ceteros in concordiam alicuius generis convertit et sibi partem hilaritatis minutam restituit Gubernator, sed equidem nullum adieci, etsi destinavi, non me, eum, si quando necesse erat, pabulatum abiturum, aut aliter in peiorem quam *Boonios* abiturum. Res tamen aliter cecidit, sic egredi pabulatum nemo debuit, nam Fortuna, ut fit, negotium futurorum proprie administravit, et prout fierent, iamiam te docebo.

Mox enim post navitarum altercando, scaphae vernaculorum indigenarum forte obvenimus, qua in quattuor homulli, ex quibus una erat mulier, vehebantur, qua hii fructuum pisciumque obsonio commercium flumine agebant. Mihi tamen monenti ut praeteriremus Gubernator negavit, quod legato suo parere oporteret, qui se in flumine omnes navigantes interrogare iussisset. Cui, 'Tam pro philosopho me habes,' inquam, 'quam dico non consentaneum cum ratione esse tempus conterere in garriendo, itaque inrita pervicacia in hostes, qui non hostes sint, utere nolo, interim considam.'

Homo, hiis auditis, iracundus meum inertium perverse vituperans insimulansque non intermisit quin diceret, 'Te quidem nos in turpem mortem tractaturum intellexi ubi primum sub oculis venisti atque adeo hos dies ominibus istis diffido, sed quid existimem, existimo, *Alteriores* istos *quam Alteriores* te bene novisse, cum non dubitarent huc, ubi nihil boni bonis accidit, tamquam ad inferiores, te emittere, unde haud proximus erit ut tu rediturus sis—'

Plura sane fuisset, nisi, interpellationem faciens, 'En,' inquam, 'Scapha, vix praeteriit.'

Mihi deinde, nihil me movens, placuit intueri ceteros scapham interceptam ascendere et onus fructus pisciumque rimari ut armas assequerentur, cumque nostri exagarent, vernaculi commoti tam trepidi se praebuerunt ut Salus noster eos haudquaquam inermos putere coeperet et eo plus anxii illi facti sunt, quo minus formidinem prohibere is poterat, et usque eo terroris repente venit ut, cum mulier magna voce negavisset, quod Coquo Gubernator imperaverat, arceam quandam ut aperi deberet, et illa ei obstare conata est, Salus animo subito afflato e manubalisto permultis glandibus eam concideret atque strepitu gravissimo ceteri pavore valde elati sunt ut ceteros homunculos interficere coepissent, mox autem, sed immo sero gravius errare intellexerant, desiverunt. Cum caedes effecta esset, tantum reliquit ut Coquus arceam aperiret inspectaretque, dehinc autem reportans, 'Compertum habui,' inquit, 'quod ea subucularum et interularum indusiorumque mulierum completur.' Deinde altercatio ortus est apud nostros, qui videlicet grandibus instructi sunt mentibus, quandoquidem pro pecunia talibus rebus uti poterant, ut qui scortes meretricesque se dilatantes quo citius patefacerent, ita ut dicam. Dum praedae dispertitionem disputantes quasi Socratem esse se quisque putabant, negotium eorum vocibus tamen agunt inanis, ex improviso Coquus exclamavit femellam animae nondum purgatam fuisse. Continuo, Gubernator hoc cognito, in me intrinsecam malevolentiam demonstravit, nam redire necesse esse enuntiavit, ut lacera mederetur, quod regula gerenda esset ut saucii servarentur, indigenae etiam. Vidi equidem ut illum re mea infecta, ad nostros sine culpa reducere vellet, et prout perniciter is se gere solebat, ego aversans gessi ne provideret quid in animo haberem, in scapham ingressus, more medici ad famellam assessus, pro medicamento manuballistulam quadragesima quintam exprompsi, qua lituram rapide indixi. Gubernatori admiranti truculentoque, 'Vetui,' inquam, 'itineri moram interponere. Quin iamiam naviga.' Nec profecto tum facultatem ei perquam irato dedi versus me inopinato grassandi, manuballistulam enim non reposui, tenui tanto paratam ei quanto femellae. Quapropter hic, mentem compescere sic coactus, iussit frendens bona e scapha transferri, e qua provenit satis cibi ut in silvas pabulatum ingredi non iam necesse esset cuivis.

Tandem, operibus illis splendidis actis, ad fatum rursus facere coepimus et sub vesperum ad pontem defractum, *Drin Long* vocabatur, ultimam stationem nostram, ultra quam nihil praeter Gualtherium K. Ducem esset, cum accessimus, res ubique eversas invenimus, id quod crevimus luce facium, quae in caelum interdum ad loca illuminanda missae erant, a quibus in terra umbrosa perpaucos nostros inter ignes caducos se prostrare videbantur. Me iusso, cum ripam primum tetigissemus, descendimus ego Lanceaque et caute procedimus, is ut ubi oleo ad mechanicas propellendas inveniretur peteret et pareret nobis, ego ut quemlibet, qui mihi novas reportare posset, reperirem. Sane in multa disrupta ibi oculi incurrerunt ac milites cum pilleos in hostes coniecere deberent, e fossis vocibus magnis verba illis dabant, quin etiam, ubi lumen adfuit inter se linguas exserebant, item illi e tenebris in nostris vel irridebant vel clamabant. Deinde aliquis nostrorum caelestem sollertiam praebere videbatur, qui exsilit, rem detrimento in hostem iniecit, tamquam si ubi sit hostem situm esset scivisset, secutum tamen est ut, inimicus ille incolumis eo magnis in nos deridere coeperet, clamans, 'Aberravisti, nemo apud nos habet, dissimile sororis tuae.' Illico mihi aio: *Eheu, stultissimo eiusmodi carere certo meliorationem sit.* Unum tamen e nostris demum, qui non admodum truncus videbatur, consectus sum, quem e ratione respondere posse iudicavi, sic mihi requirenti: *Quis hic dux esset?* Dixit se me eum ipsum esse putavisse. Itaque, hasta, ut ioculatores dicunt, abieci et ad naviculam regressus, rogatus a Gubernatore: Quid tibi Dux imperavisset?

'Nemo,' inquam, 'adest qui imperet. Quia igitur non aliter iussus sum, dum mihi placet ubi quo per *Boonios* solus badizem, prodeamus.'

Hic mihi, 'At ultro pontem tesqua aquas excipiunt et ibi nemo vivit cui bellum a nobis indictum esset.'

Ei, 'Tu non es, qui tales res constituat. Per licentiam iuste in crucem tolleris, ubi primum redibis, nisi illico oboediar et parebis.' Atqui ausus est homo queri coepere, quem statim interlocutus sum. 'Desine. Apud legatum, qui iura refert, nostrum suam quisque partem in hac re proferre poterit. Egomet dicam me nullum magis ex te poposcisse quam, ubi delegissem, te me in ripa deposuisse. Nunc autem, dummodo facias modeste ut illuc ubi velim, post per me derigere posses eo, ubi mortem melius tibi retardare putes, aut omnino non.'

Hic, hiis dictis, licet in vultu acerbitas inesset, cum se a me expeditum fore confisus fuisset, iram continuit et modestiae, forte manuballistulae quoque, recordatus est, itaque, cum Lancea oleum attulisset, instituit citius quam umquam naviculam urgere neque per noctem ipsam iter interrupisset, nisi Dea quaedam infensa ut noctuam in arbore se consederet ordinavit infausto, quam oscinem luna plena illustravit, qui ad nos exterrendos aut monendos bubularet. Cum eam auribus occulisque Gubernator et Salus concepissent, statim eam cum glandibus petiverunt, eo permagnum horrisonum ediderunt, sane ut aliquid fortasse necarent, hostibus signa de nobis sine dubio darent, verum tamen in ripa nequiquam noctuam quaesivimus, repperimus vespertilionem. 'Operam periit,' inquit Gubernator. 'Actum est. Nulli sumus.'

'Nihil desperemus,' inquit Lancea ex nostris holusculum minus, ita ut dicam, marcidum, 'Quid si volucrem naviculae figeremus pro noctua, qui haud dissimiliter mala avertat.'

Peream nisi homo consensit, etiamsi poposcit ut exoculatam esset et demum glutine nec clavo affigeretur, ne alveus rimas ageret. Enimvero hae res effectae sunt, sed equidem aestimavi nihili quod in glandibus, ut vespertilionem interfecissent, emittendis, a strepitu a nostris sic sublato hostes de nostrum advento praemonitos esse, qui non a nostro propulso deflecterentur, quapropter vigilabam quoad caelum albescere coepit, cum tunc necopinato in nos e silva, ex eo ubi se in dumetis abdiderunt, sagitarum copiam effuderunt. Profecto vi pilleorum dirumpentium responsum faciebamus, dum ultra eorum tela securi convecti summus, quem locum consecuti, in me tunc, qui ob quod admiratus sum, Gubernator maledicere et insectari coepit neque enim apud se videbatur. Proinde iratus requisivi, 'Quid habes quod ita aures cum ista compleres? Nonne mox egrediar pepigimus?' At nihil sani ex eum responso excepi, interim animadverti Salum iuvenem iacentem inanem, quem pilum capitale transfixisset, sed eodem ipso tempore Gubernator idem conspectus, capite demisso, subito conticuit. Puer numquam mea intererat sed sane lugendi satis spatio licere ei facultatem dedi, tamen quoniam nimium productum est silentium et inertia atque apud nos cadaver putrescens nolui, melius eius rem praecidere constitui, 'Quanta,' inquam, 'retinentia iam pro merito.' Sed is me neglegente continuo naviculam ad ripam dirigere coepit et indignans mihi quaerenti quam ob rem iter declinaret et poscenti aliter, quandoquidem multum periculum in terra inerat, affirmavit miles sepeliri oportere. Quod autem omnino non arguere volui, refragatus, ne dies uno plus consumeretur, cadaver calce feriendo in flumen statim pepuli iussique eum iter expedire, apud legatos querellas faceret, si vellet, et ad eorum aures cantaret easdem, quas tunc nolui audire. Simul atque is conspexit auditque, adeo eius mala in me voluntas animum obruit ut furiens eius manus mihi inferre periclitaturus esset, frustra Diis gratia, quia ceteri eum arcuerunt, orantes ne seditionem in se admitteret, interim scilicet facultatem rapui et *Ne-Rum* in ventrem trusi atque torsi. Quam celerrime, ut putavi, animum infimi exceperunt, quo citius mundum eius malignitate vacuum facerent. Aliis obstupefactis, cadaver ab eorum manibus dimissum statim e navicula in aquam volvi calcitrando enuntians elatus, 'Sic secundam mensam adpono minister piscibus. Tuburcinamini, amici.'

Deinde, cum comites in odium et in offensionem per eorum vultibus fortasse in me inruere vidissem, veritus aliam seditionem et ut animos confirmarem, pollicitus sum me suscepturum litteras exarandas, in quibus in fide manere eos nec reventum esse iniussos. His a eorum legato perlectis atque *Altioribus quam Altioribusque* certioribus factis e culpa omnes fore.

Coquus autem his verbis propositionem meam

posthabebat, 'Istae non iuvabunt. In primis tu talis non es qualem *Altiores quam Altiores*, ut Gubernator dixit, mortuum facilius lugeant, itaque quam minus istis movebuntur, etiamsi, id quod dubium magnum est, facultas detur pellegendi istis, hoc tamen erit valde incertum, quod legatus noster primus nos excipiet, cui litterae omnes odio sunt, qui iracundus et semper iratus ad stultitiam natus est, propemodum illiteratus oblinere cartam, quamvis multas litteras habeant, cum malo ex foramine contra os consueverat, ad summam, proximum est igitur ut malevolentia utatur longe maxime, sicut istae neminis oculis mandentur, porro noli oblivisci mei legatus iam me vult necare propterea quod, ego melius coquus sum, itaque his rebus exauditis, eo usque per omne fas ac nefas cum infamia me contaminare nitetur et quocumque praetexto utetur, proinde, si quando casu istae integrae *Alteriores* ceperint, a me compositae strenue effinget coram illos, et se fraudatorem me esse semper repperisse, denique omina agens ille me dignum forem, qui ut crucifigar iudex enuntiet, propter quae, igitur, hortator ne ad Ditem me conferas apud nostros, at tecum, ubi legatus absit fatum melius periclitari possim.'

Ad haec adicit Lancea, huic dicens, 'Frater ista nullo modo frivola mihi vincit, sane de legato nostro nil erroris, neque tu de priore prothyme censeo.' Mihi, 'Itaque gemini te sequemur.'

Longius erat plus, exclamans, 'Tot verba,' inquam. 'Utut vobis videatur, nam mihi facile esse utrum mecum moriamini necnon, dummodo extemplo pergamus.'

Coquus autem, 'Solum,' inquit, 'hoc e te peto, ut in

navicula semper manere possim, ne contra Deam terrae adversam.'

'Fiat. Demum quin guberna.'

Lancea autem, 'Licetne,' inquit, 'nobis, qui fide nondum discedamus, quid sit cur huc venisses, scire?'

'Immo non iam interest ne sciatis. Ducem quendam insanum ob nescio quam causam factum, exercitu extra fines coacto, bellum infensissimum gerentem ita ut, victoria reportata, ignominiam in Rem Publicam inferre existiment Consules ac Deos in fastidium ire cogere et ulcisci, mihi praecipiunt Comes Imperatoris F. F. Coppola qui missit me, qui mortem ei ipsi persolverem.'

'Papae,' Lancea inquit, 'miraculum est tongere.'

Coquus aliter motus est. Manibus ad coelum intentis conclamans, 'Dii iudicetis,' inquit, 'preces enim, si exauditis, utrum sint insaniores, vel qui hunc misissent, vel is qui necaret ab illis missus esset? Haec veritas sola est, quod nihil plus futilis quam hoc bellum in orbe terrarum adhoc delirantes nostros egissent.'

'Aeque effaris, mi frater,' inquit Lancea.

'Haec hactenus,' inquam intentus. 'Agete dum, nam in Re Publica superstites tales nugas disseminetis, si velitis .'

Deinde concilium meum sic observantes, dum Coquus gubernabat, ego et Lancea ripas intuebamur si forte aliqua signa hostium conspiceremus, cum tamen per noctem nihil eorum ab oculis reperiretur, demum sub galli cantandum in portu eorum infesto et putrido quidem nos subito invenimus.

QVARTVM

Ibi ripam homines alicuius generis, ferocibus vultibus, frequentabant, qui silentes vigilantesque oculos in nos appropinquantes convertebant, qui pro vestibus cutes suas quisque totas silvae viriditate tinxerunt, qui permulta armarum genera gerebant, inter quos humi hominum articula varia sparsa erant atque pili in terra infixa capita singula abscisa sustinebant, quae sic posita sunt ut qui vivus visitaret a mortuis is contueri posset. Post illos, qui nos expectabant, situm inter arboribus templum grande erat, obrutum a silva, sed circum hoc gurgustia multa, quae ex ossibus homunculorum aedificata erant, quae, ut aliquo post comperturus ego, etiam grabatos habebant ex hostium cute facta, in quibus milites conquiescere soliti sunt. Nunc demum necesse est, licet non oblivisci ventris tui, carissime lector, debeam, reportare ibi lues infestissima tantum ubicumque per salivarium solum et caliginosum aerem percolebat, ut taeter odor quam maxume nares offenderet, quin etiam paene ex sensibus animum cogeret.

Navicula appulsa, me et Lanceam a Coquo dissociatos, ut quem in navicula relinquerem iuramento, homines illi grunnientes gemebundi nos exceperunt, et ad alium alii diduxerunt Lanceam, alii me in templum, ubi mihi manuballistulam *Colt XXXXV* ademerant, ad Ducem Gualtherium K. ipsum, qui statua praeclara admirationem iniecit et dignitate et quomodo se habendo tantum decorem se praebuit, ut respiciendum esset. Haud etiam totum inutile eius erit memorari, quod crocotam gerebat et caput erat adrasum, quasi iam calvaria in humeri ferret, hoc spectato ego illico sensi iam eum cum domina morbosa illa consuescere, quae Dea ibi sane *mephitem* exegit et tumultuosa somnia in animum aspiravit. Videlicet egomet ad fluminis finem perveneram.

Dux K. sua calvaria cum guttis aquae humectavit, neque in me oculos iniicit, dum sibi in mente verba paulisper facere videtur, donec incipit dicere, quamquam obiter, 'Ex qua nostrae hinc, Villarde?'

'Ohio.'

'Natusne ibi tu?'

'Ita vero.'

'Ubi utique?'

'Toledo.'

'Ad amnem?'

'Immo, procul ab.'

'Olim, ego puer, secundum eum in scapha viam carpebam, cum in loco quodam, ubi sit non recordor, fundum in ripa derelictum subito video, quo in gardenias coluissent agricolae, et cum iis liberatum esset locum, illae surculos potissimum facile agebant et adeo nascebantur ut per quinque milia putares caeli partem in terram consedisse, quae pars in gardenias quidem esset conversa. Villarde, mihi dic, novistine aliquem, qui libertate utatur?'

'Non habeo, quo respondeam.'

'Tu dumtaxat, tune ab aliena sententia vaces? Vacesne etiam a sententia propria tua?'

'Rursus desum.'

'Posses deinde, quamobrem te miserint?'

'At quidquid illi velint, id aperire non oportet.'

'Sed hic apud umbras res agimus. Dic saltim, qualem me esse fecerunt illi?'

'Quod tu insanus sis atque rationes tuae sint contra fas.'

'Suntne mei rationes contra fas?'

'At immo, nullas discernere possum.'

'Villarde, es siccarius?'

'Miles sum, domine.'

Voce abrupte acerba, 'Contra,' inquit, 'nubes es, quem mandaverunt ut me commingeres.'

Protinus, illo iusso, me extractum in catenas amici eius iniecerunt et complures dies cruciabant neque eodem modo, ut apud nos, verberis uti solebant, rationibus enim insolitis adhibuerunt ut dolorem mentis corporisque inficerent, velut multas horas me retinebant, quominus me movere possem, quatenus membra cruciatu explerentur. Nisi longum fuisset, multa alia descripsissem, praeterea tamen, cum illi desierant, interdum ad me accedebat aliquis, cuius antea iam in propio loco mentionis faciendi oblitus sum, qui dum enim ad templum deducebar, iuxta me ambulabat loquebaturque: *Se in eadem ortum esse, ubi in acta urbana permultas notandas res renuntiavisse, tunc autem se loco cessum Ducem K. secutum fuisse illuc ut, quod quam praeclarissimus vir esset, eius gestas magnificentias Imperatori primus reportare posset, qui gaudens ob ea quae audivisset, foret ut perbene se de illo demeriturus esset.* Sed ad rem denuo dicam, is enim homo non numquam mihi appropinquabat et ad aquam praebendam et ad verba facienda, quae permixta erant quidem, sed interdum aliquas (quas hic tibi coniunctas scribam idcirco sermonem unum faciam) dixit ad talem, qualis Dux esset, pertinuit.

'Tu illo cordi es,' inquit, 'Villarde, quod ad cruces pertractus, perfers, Mortem nec despuis, nec times. Noli ita desperare, quamquam confitendum est raro sibi convenire et alias se valde res agit, alias captus mente est, utralibet re sit, lemuribus, ut dicam, videtur affligi. Non iuvat id dicere, sed numquam negandum, olim ingenium usque adeo liquari ut diceret me admodum insipientem, tot logos effundere quot plura se non iam audire posse, nisi prohiberes, interficeret. Nihil loquendi diu post faciebat, neque certe ego, cum inopinata oratio, ut solet, amplissima apud nos habet, quam per multos dies saepe producit. Auscultanda erat sed dulce mihi, quid igitur habeo quod queror? Si cum illo me comparo, humilissime vitam agere me video. Itaque, rogo ut, cum tu facilius quam ego ad nostros redeas, de viro praeclarissimo acurate narres et, quantum, quoad tibi id fit, benignissimum sapientissimumque fere praeter modum fuisse virum, illos domi doceas. Certe, ego precator illum tibi clementem ut officio perfungaris.'

De eo homine autem, promisso audito, mihi haud amplius sperabam et eius volubilis plura verba praetereo, narrabo potius ea pertinentia inter dies sequentes ad exercitus mores observavisse.

Manus singuli persaepe in silvam discesserunt, armati, picti, cum foliis cooperti ut hostibus magis commode insidas darént quo facto plerosque interficerent, tamen ex illis aliquos, qui iuvenes teneresque semper erant, viventes reduxerunt, quos alium ex alio mactaverunt et laniaverunt pro ventrium postulatione, nam cum ipsa sibi incommodaverat, artis vertebrisque et carne, omnibus belle coctis, sub vesperum mensas instruxerunt ut famem redigerent. Videlicet nihil minus acceptum mihi erat quam cenam illorum intuebar, cum praecipue illis reditum captorum interdum egerent et gravissime esurientes exasperati oculos saepe in me convertare inciperent, quapropter summa vi sane me esse maximum fibratum praebui. Sed hoc nunc cum dolore referendum est, quod femellas hostiles siquis earum retulerunt, cum illis pedes semper sustulerunt, antequam conparatas coctasque in mensa sibi imposuerunt, quocirca omnes ad unum *duplices veteres* sunt vocandi. De aliis captis potissimum scribere debeo, qui vel lunatum vel crucem colunt, qui perquam insolitis obnoxii erant poenis, item, ut Romae, leonibus propulsi fuissent, si modo leonibus non desunt, ita autem vitium superabant ut homines, quippe qui quam ferocissimi et mire delirantes essent, delecti sint et ad colles ex herbis factis iubae circumligatae, facticiae hae ferae deinde in captos dentibus unguentibusque obtunsis ingruere pati sunt, neque dubites quin ab hoc genere necandi ultra modum crudelitas infligeretur, quia homunculi miseri adedebantur per multas horas pseudoleontibus illis donec, cum vita eis maxime fieret valde pertaesa, exspiraverunt. Sed satis harum rerum.

Tandem illa nox aderat quam mihi ultimam esse credidi, quoniam Dux gladium tenens, vultu lymphato, apparit et pedibus caput Coqui abscisum deiecit. Inermi vinctoque mihi militi id solum reliquit ut nec querens nec quidquam metui ostendens moriar, id quod videt, nullo verbo dato, abiit.

Paulo post, cum per cruciatum mens dilapsa esset, quomodo deinde fieret nescivi, sed mane contra expectationem in matta iacentem me inveni in templum iam apportatum, ubi femina quaedam aegrotum me curare coepit docuitque Ducem secum paucos dies silvaticum in remote parte habere, ut qui ibi solitus melius per mentem multa evolvere posset atque in arcanis totus esset, quibus uteretur ut hominum animis potiretur et eos facilius gubernaret et humiles homullos redderet milites validissimos et fidelissimos.

Hiis credidi, quia neminem transfugisse iam antea videram, atqui cum rationem Ducis in dubium vocari non posse putarem, id tamen contrarium documentum mox recepi, sed non mirum sit, cum ex animalibus homo omnibus longe infidelissimus sit et mentis maximae levis, quorum cupiditatem rerum novarum ne magica quidem ars compescere posset. En, igitur, duo milites, alter Limax vocabatur, quia altissimus et macer, alter brevissimus obesusque, nescio cur, Gelasini erat nomine, noctu quadam ad me clam una veniunt ad hoc promittendum: *Se me e castris expedituros curare dummodo, ubi ad nostros ventum simus, se bonos honestosque esse tester.*

Deinde persancte iurans, 'Voveo,' inquam, 'certe vobis impetrantis, sicut *Dagon Cthuluque*, mei Dii maximi, audiant, si perperam egero ne ullum verbum malum de vobis umquam cuiquam dicam, fore ut me ad piscibus pro cibo obiciar. Scitote, nihilominus, ego, qui missus sum ab *Altioribus quam Altioribus*, qui Ducem necarem, si reventum erit, re infecta, nihil verba mea auctoratis habebunt et nos omnes e medio tollemur.'

His acceptis, hii non modo Ducem defendere nolunt, sed etiam quemadmodum eum facilius interficiam dicunt et secum sincerus discedam: Inter paucos dies, ubi Dux ad templum redierit, id quod translaticium esse, ipso suos epulas amplissimas comparaturos esse, in quibus autem ipsum non diu interesse solere, mox recessurum ut secum in templo habeat, ad quod sane custodies circum collocatos fore, sed tandem amicos sui, cum ventribus sapido homullorum carne satis superque obtemperaverint, somno obrutos fore, deinde sese ipsius custodies adempturos, quo commodius a tenebris coopertus illum accedam. Demum, quidquid faciendum factum esse extra sese ad flumen inventos posse cum Lancea, id quod poposcerim, una tum in navicula excessuros.

Consilium cum iis inii, quamquam talibus diffusus sum, quales Ducem tam libenter prodiderant tamen, ut fit, inter ancipites precariasque res proximam facultatem capiendam.

At modo intellexi me fugisse usque ad hoc locum quo eveniret Lancea apud Ducem dum cruciabar. Ille, totus in studio fluctibus, animus habens non fortasse aptus, qui multas alias rationes sustineret, ab dementibus militibus sine dubitatione exceptus est, mutatus vestimenta cum pigmento virido, manubalistulam cum arco, holuscula cum carne, nec visus est tum minus colere Ducem quam excellentios vertices et lymphas. Idcirco, fortasse plus humanitatis mihi fuisset eum in quod reliquet temporis ibi vitam agere laetum patere, nisi maxume prudenter censui adducere, si forte Ducem *autogyronum* offederem. Sed impraesentiarum satis illius hominis.

Reventum Ducis post duos dies est iam postea sensi antequam eum vidi, cum suos permultas hostias, conspexerim, quos glupturus essent, in templum induxisse et sic sanguinem urceatim fudisse ut strata rubicunda manavisset, qui igitur Duci K. dapem miruminmodum magnificam sumministrarent, magis quam solitam, quippe qui variante mente nuper animo dimisso esse a suis videretur, quam causam casu praesens auscultavi ex iis cum limis dentes acuentes ut delicatius cibi frustula difficile ad arrodenda manducarent, otio uterentur.

Ille denique me avocatum in templum excipit, qui vultu voceque mihi sine verbis indicavit se non fatum avertere iam velle, quod (id ego persensi) omnes ceteros velle se mori sciret, silva etiam, cuius imperio solo ipse semper denique obtemperabat, at quamvis illi dirae res essent, perseverabat providissimus vir et maximi sollertis, qui, pro ingenii facultate, cum mallet (ut credo) ultimam sibi diem destinare, proditorum inscientiam dissimulavit et mortem non propter morbum sibi gestavit sed per me, sicut illo indecoro vacaret, nam aliter putare difficillimum sit, quod est illos homullos talem virum circumvenire posse. At haec hactenus.

Ego coram Ducem, quamquam mos erat secum per mentem multa volvens haud statim dicere, tunc autem mihi sine mora sermonis sic, 'Num rationem meam iam non comperisti? Nonne imperatores nostri luculentissimi, valde quidem potentes in acie, neve fortuna neve fortitudine indigentes, sunt qui tamen, commeatu, quem mei milites rapiunt, prohibito, bellum futile gerunt? Aut censendum est talem pro pasta eorum animum numquam appetisse, aut illos id inhumanum facere ducere, sed nemo dubitat num victoria sit optima, aut credit caedes melius accipere, itaque quale ingenium est eorum, qui cum nemine sic congruant? Nefas pugnare est, frenatis ducibus, nec victoriam ante omnia alia prosequi, item contra intellegentiam est non percipere victoriam duplicem usum habere, non solum enim talis cibus membra militum confirmat, sed etiam in proeliis animos, quia victoria est qua vescantur. Tali dape certe quam facillime nostri se redintegrant, dummodo hostium corpora bene sciteque cocta neque moribus nimis stomachi honesti spernant et reiciant. Per hanc rationem cum mei quisque esurit, praeter modum acerrime pugnat et hostem laniat minus angore conscientiae quam porcum. Sed propter ea, me, qui victoriam iterum ac saepius reporto, illi, qui hoc bellum cum dedecore gerunt et clades accipiunt, cum ignominia aspernantur, ut si quod in bello fas solum est hostes interficere neque ullum locum misericordiae dare, id ad eorum aures numquam appropinquaverit. Istos optimates, ut se appellant, qui adulescentes aut homines interficiant aut ab hominibus interficiantur permultos emittunt, funditus despicio. Ne dices quid isti dicant, cum sciam. Rationem meam, aiunt, e silva coorta est et mens mea perinde ac folia hic marcescit. Equidem in silvis, legibus absentis, me res placide recteque percepisse perspexisseque non nego, et factu, protinus illos mentiri me comperi. Quando lux fieret? Narrabo. Olim, cum sanum esse illi me existimarent, ego comitesque in vico nostros custodiebamus, qui propriis scientis ad morbum puerorum arcendum officium habent, qui igitur brachia cum acu tetigerunt ut id efficeret, quo perfuncto degressi loco summus, cum paulo post in via senex, qui pro moerere non potuit loqui, nos consecutus, nihilominus videre potuimus ut aliquid infandum fieri intimare vellet, continuo, rati nescio quid, redimus et hostes, nobis absentibus, in vicum intravisse recte intelleximus, cum multorum bracchia puerorum tacta singulorum praecisa conspicimus, quibuscum illi tumulum in foro facerent priusquam in silvam confestim exirent. Et reminiscor me flevisse tamquam si avia aliqua essem. Volui dentes evellere. Ignoravi id quod agerem. Atqui nolo umquam rei oblivisci. Nequaquam. Quia postremo complures res repente perspexi intellexique. Obscuratione abolita, tamquam caput cum glande adamante perforatum fuit … acceptus adamas recte per frontem, statim sensi quantum ingenium gestarent illi homines ut quaecumque victoriae causa esset, id peragerent, omnino inhumanitatis nihil dedignarentur, nihil recusarent, non quod ipsi bestias essent, sed quia mortales quidem esse. Hoc summum tenendum, Villarde, illos nullo modo dissimiles nobis esse, nam haud minus et liberos creaverunt et cum benignitate completi sunt, quam nos, etiam cum bracchia puerorum praeciderent. Nihil horroris magis quam constantiam eorum res indicat. O voluntatem! Quales homines erant, talibus iussis paruerunt neque ullo momento dubitaverunt, quamvis turpem acturos essent. Utinam talibus imperem, ita ea consultavi, quibus decem cohortibus bellum inter menses conficiam. Sed illi, qui te huc miserunt, numquam confiteri possunt mores ipsorum, quamvis bonas eas putent fingentque, illis hostium non iuxta, quanto libet utraque pars innocentes caedit, rapit, violat, nostri autem se rationem observare dictant, quasi illi humanissimam rem cum optimo animo ad nihil omnino non convertent. Iam de nostris altioribus tamen satis dixi. Studesne e me rogere quemadmodum tales, qui easdem in hostes possint, quas caedes in nostros inferant, quin immo, superent, conglomerare possim? Id non est quod dubium faciat, nam apud insaniores delectum iam has menses habeo, atque asylum institui in quod pessimi exciperentur. Per verba mea mentes eorum possum redintegrare mederique, quippe quos Deus destituerit, nam qui Deo egeant, spe etiam, et viventes se fere mortuos esse sentiant, quid mirum in loco Dei me sponte ponunt, qui spem pro desperatione inanitateque libenter dem, nullum homuncionem spernens? Etiam Deo melius eorum animum reficio, aio sine pudore aut dedecore, quoniam talibus utor, hostes deteriores reddo. Quapropter res publica in me siccarios instigat. Quomodo in eo sunt optimates illi minus flagitiosi eis, qui adversus nos bellum gerant? Rem publicam tamen iam nec magis consulto nec laboro, eos oblivisci mihi perfacile erit, filii non possum, quem domi illi mortales perverse docebunt me perperam egisse, tamquam cum foeditate patriae maiestatem contaminavissem, neque aliud audiet si contigerit quod in patriam non redeam, cum docere debeam eum me in bello spectatum, praestem honestumque numquam nequissimum fuisse, sed tu haec in vicem mihi id facies, Villarde. Tu ei Romae, me tum bene tum male gessisse neque aliter egisse quam hostibus rei publicae nocuisse. Hoc si feceris, nihil sordis quidem apisceris, cum enim quisquis me noxium patriae habuerit dixeritque, increpans, me maiestatem minuisse, homunculum frivolum, contra meus, a te praeceptus, non motus respuere poterit. Hoc, mea causa, facies, Villarde?'

'Aio,' respondi. Cum sermonem vesper cenaque et potissimum vitae sui aversione diremerunt, abrupte discessit templo is, me autem milites in meum gurgustium conduxerunt, ubi relictus sum ut mecum haberem, utique quoad unus e proditoribus accessus, per parietem susurrans, 'Demum,' inquit, 'mensis dimissis omnibusque a somnio captis et obdormientibus custodibus e locis circum templum a nobis sublatis.' Statim abiit.

Ego deinde egressus rutabulum arreptum tenens quod prunas ut circummoveret in foco adhibere solitus eorum coquus, aliud enim ferrum non erat praesto, pro gladio usus, a tenebris obtectus suspendo pede templum intravi et eum inventum supinum mortiferis plagis ici neque resistebatur neque immo animum facillime solvit, qui perquam validissimus esset, propterque eamdem fortitudinem silentio vulnera gravissima accepit, nisi quod moriens et tandem exspirans, 'O infandum,' susurrans inquit aliquotiens. Eodem tempore in mensa prope sita manuballistulam meam *Colt XXXXV*, quam is, ut puto, ibi relictum erat, quam adimerem, quominus inermis essem, si forte mihi sui obstitere conati essent, vidi rapuique, deinde subito mihi solum reliquit ut exiret et per milites humi iacentes, in sopore arto demersos, ad naviculam facerem, licet proditores, prout vilissimi feci, verisimile foret ut me linquerent opinatus sim, at perperam aestimavi, quia ibi me expectantes exceperunt cum Lancea, qui praenimis coenaverat itaque exclamans, 'Quales sufflamen,' inquit, 'nausea timenda ne hostes rursus videndi mihi.' Cadaver, licuit fuisset coctum, tale infaustus viator nos comitaret in nave non perferre potueramus itaque decrevi oporteret eum in ripam evomi a Lancea ubi alius miles comesset, si vellet, id quod mugiens fecit antequam sine alia mora proficiscimur.

QVINTVM

De proditoribus, cum iter in flumine nihil alium nobis facultatem praeberet temporis fallendi, aliquid didici. Gelasini, brevissimus homo, sutor fuit et hunc questum commode agebat, quia videlicet paulo se inclinandus erat ut operaretur. Alter, Limax, tignarius fuit et domos contegebat, quam rem perfacile conficere poterat quod procera eius statura scalas inutiles reddebat.

xxxHoc autem post duos dies male accidit quod Lancea in loco gubernatori, sed expers, tametsi ad se reductus est, ad scopulum naviculam perperam direxit, ex quo fit ut damnum maius acciperet quam ut resarciri posset, at cum magnam culpam profiteretur, querens tamen properavit dicere, 'Amici, tabulam in fluctibus citius quam naviculam in *Acheronte* aptissime tracto.'

Equidem risi, Limax autem et Gelasini coepit accedere, dicentes: Adapertile esse caput, quod in se talem rem inferat sicut tunc silvaticum discrimen experiendum esset. Statim autem impedimentum me facio, quominus eum tangere periclitentur. Admoneo, quidquid ibi committatur hoc legatum per me sciturum esse, ex quo facto eos peius habituros quam si hostes comprendant. Illi scelesti e caeno exorti aegre desini sunt, quamquam manuballistulam *Colt XXXXV* me habere nesciebant, ad utendum profecto intensus sum.

Demum anatium incedentium in modo ad ripam

fecimus illucque pedibus cum gladiis *viriditatem* caedentes, ut viam ageremus, peragravimus, at fame vero parvo serius pressari coepti summus, cum Limacem Gelasinosque ostendere quae edere in itinere apportarent iussi, ille in sarcinis pro cibo pecuniam praesentem contulisse dixerunt et, ob quam rem obiurgati, questi sunt sibi Romae apparata emenda, quibus victum renuo quaeritarent ne exigui fierent, nam sibi propter coniuges potissimum deberent consultare, utpote Limacis brevissima esset et Gelasinorum longissima, quocirca iamdudum alter alteri suam pepigerat ut reliquo vitae tempore se quisque melius cum mulieribus haberent, sed hoc necessarium et magnificentius non efficere potuissent si minus pecuniae Romae usui fuerint.

Tales logos plures mei Lanceaeque, quoniam erant illi ambo scurrae, aures non dubium quin male accepissent, magis igitur verbis quam fame exstincti, cum sub vesperam ultra spem diversorium nanciscimur, quod *Domus Procrustae San* vocabatur, cuius caupo ridens hilarisque erat, modestus certe, quippe qui modicam posceret, ut cibarias et hospitium praeberet. Sane, a mei torva auctoritate, Limax et Gelasini pro omnibus nummos sic tinnierunt ut cum dape protinus ventribus favere possemus et, mox satis facti, cum nos somnium capere vellentes animadvertat dicit ille: Se laetius ad cubiculum statim deducere.

At Lancea nolens, 'Remaneo,' inquit, 'laboro enim ex intentione mentis.'

Cui hospes, 'Nemini dum,' inquit, 'umquam iam deficio et minister igitur, hoc negotio meo gesto, citius ad te redibo ad voluntatem servandam.'

Dehinc nos ceteros eo, ubi lecti e ferro facti tres positi erant, duxit ac Limax statim in uno iacens questus est, quod caput pedesque ultra fines proiecti essent et hospes veniam precatus deinceps dixit, 'Ita, ut ingenio tuo facilius indulgeas.' Illico, cum secure subito non adoperto, caput pedesque praecidit, adeo Limax pro lecto perbelle aptatur ut numquam rursus vellet eum relinquere.

Equidem, bona fortuna, statua mea neque excedere nec deficere fines lecti compertum maxume utile habuit Procrusta San, sed, res cum ita esset, sibi opus cum Gelasinis esse declaravit, nam lecti caput pedesque neutrum finem tetigit, itaque maculo domus sui famem futurum ne spargeretur, quod ne ad parvulum quidem nanum accommodare posset, cum suculam vinculaque festinato comparavisset, instituit eum mederi, sed egomet, etsi Procrustam San mihi delectus fuit, et prae eo laeto urbanoque meos contempsi, putere tamen coepi cum unum comitem amisissem me neglexisse, quod si duos, turpaturum fuisset, itaque *Colt XXXXV* exprompto hospitem in caelum transtuli. Effectoque deinde utrius sanguinem in pavimento remixtum vidi, maeste 'Mali,' inquam, 'bonique una perinde ac si nihil inter se quidquam discernere dignoscereque possit, iam non viventes ambo sine nomine apud infernos dispositi sunt.'

Gelasini tandem refecti, 'Non differre possum ab istis,' inquit, 'et nunc philosphum esse cognosco, nec nihil dicis, tenebis ubi autumo, inter me et eum amicitiam quidem Ciceronianam, optimum alter altero fuisse. Ave atque vale, miserrime Limax.'

Mihi silentio dixi, 'O liberationem felicem.'

Bene mane redintegrati cum Lancea proficimus haud paulo post in semita, medio die, e Deo beneficium nos iuvat, quia et grassatores hostium et *VIQ* vitare potueramus, quotenus nostri nos incolumes excipiunt.

Mox posthac iussus apud illos, qui me miserant, reportare, quid efficerem ex ore neque ullum alium dixi, ne Gelasinis iusiurandum datum violarem, sed, sermonis finem ubi primum feci, quas res antea peractas in castris ab milite apud Gualtherium Kurtz, sine autem voce, qua promiseram non usi ut proditurus essem, pleniore scripsissem litteras, ut quas traditas statim perlegerent monui, quo facto statim recteque iusserunt Gelasini ob pravitatem ex exercitu, e vita quidem tolli.

Nunc, quae ad me pertinent, scire te iustum nec detestabile est. Cum *Alteriores quam Alteriores* me iusiurando adegissent ne quidquid mei faciendi dicerem, egoque sine dubio fidem obligavi neque in his locis illos decepi, quoiam nullas res ex ore narravit, omnia videlicet hic scripsi. Ut ita se res habeat, cum satis e me in fidem acceperunt, pretium modicum tribuerunt, dimiserunt. Cum tandem e medio belli expeditus essem, Romam reditum, ubi primum patrem pesti debitum reddere didici atque deinde, id quod gravissime distorquet animum, eius adseculam invidiosum quemdam fraude hereditatem mihi furatum esse, cuius vocibus famuli contumeliosi tamquam mendicum extra aedibus me abegerunt.

Mendicus vero proximum fuit ut fierem, utpote praemii, quod miles meritus sum, magnam partem iam consumpseram sicut etiam tum sordes me contaminare coepit, atqui hac causa quominus pauper procacibus et morbisque urgerer, ad Comitem F. F. Coppolam, (quem Saigonis me praeceperat, ut supra enarravi, Romae rursus adesse nuper audivi) me contuli, tamquam clientem. Trepidus ne ad alteriores intemperantiam visus sim me modo ostendere ob avaritiam, sed desperans ob esuriem, demum praesentis sermonis facultatem impetravi: *Me circumscriptum esse, quemdam dolo malo mihi cretionem arripuisse ut tunc pedibus tractus essem, itaque eius militem tam caducum fieri, ut necesse esset orare ut mihi causam foro reciperet nec ullum aliud precatum esse.*

Rem deinde ille consultavit sibique tandem adnuit et amicis adstantibus dixit: *Non sibi displicere ut concederetur huic innocentem decedere aliquid expectatum.* Sic dimissus sum.

Paulo post evasit ut, antequam patris parasitus mortem sibi consecraret (a ratione numquam quisquam antehac per saecula omina se necaverat, nam pedes suos absciderat), hereditatem Comitem Coppolam creavisset, qui, quamquam magnam partem retinuit, haud parvam tamen mihi dono dedit, certe satis partis habui, qua paupertatem aliquo sublevarem, sed timenda quae futura, itaque consectari rationem ad copiam augendam coactus et multa per mentem egi, multos consului, nil adeptus sum adeo ut spem dimittere coepit, preces etiam desinere et in hara crastino habitandum mihi Dii destinaverant, sed ad tempus per quendam deum deamve responsum recipitur nocte quadam, cum in somniis congeriem aurei in sandapila impositam vidi, de qua re interpretator quidam mihi in hiis cantavit, 'Duplicem

Deus edidit, in praeterito Mors tibi quoties locuples ademit, in futurum Ipse toties tibi daturus.'

Ego, 'Quare, utique?'

Ille, 'Eheu, tibi militi perinde ac si Dux sim ad dicendum simplicibus maximis et manifestis verbis, aio, si quanto dives conceptos haberes tanto hereditate amissa, libitinarius evenire debes.'

Quod sane Deus monuit, id effeci ita ut facilissimus inter paucos dies victu sim, nam haud mire est videre ut sic res facta sit, quandoquidem mihi iam Mors hos annos amicissimus semper est atque magnae aviditatis ille est, cum cottidie maximos e vita removeat, cadavera relinquat, ob ea satis feretrorum ut ad ustrina efferantur aegre suppeditare possum, praeterea, cuius paenitet dicere, unum ex illis permultis (nonne enim res se sic habet ut, quisquis mundum aedificavisset, harenivagos nos sempiternos constituisset?) ad pulverem referam, Ducis K. filum, qui sero repperi ut docerem patrem honestissimum esse virum, sed cui beneficium boni funeris utique nullo pecuniae accepto dedi. Alius, cuius funestam magnopere ornavi, Comes F. F. fuit, qui Megalopoli obiit, ut fama est, et scilicet deinde cecidit quod aliam partem hereditatis per funebres consecutus sum. Nunc de parasito aliquid aliud scribere possum, meo sumptu, enim, in sepulcro alio reponendo suscipi, ut in quo inscriberem,

MENDACIVM APPELLATUR, QVOD, NE NEGAT PEDES HABERE, LAETIUS HIC CONSTERNATUR

Ex hominibus virisque adhuc apud nos sunt, unius mentionem denique faciam, qui est Lancea, qui mente integre, id quod miror, Romae manum musicarum, qui *Pueri Orae Maritimae* vocabantur, perbene, tametsi homo delirus videlicet olim esset, administrat, qui harmoniis multiplicis resonantes multa in ludis plurimum valent.

Sed quid tibi est? Maestus es? Formidine ex animo laboras? Morbum prope iam diem nactus es? Tibi Res Publica defuit? Suspicis vitam tibi nullam rationem habere, ob quam causam terminem tibi consecrare per mentem volvet? Persiste, amice, se conserva, quod si pessimum tibi contigit, tuum damnum, qualecumque, aeque ac benificium accipiam, quoniam ne apocalypsis quidem iamiam mihi non omnino non prodest. Nunc demum, hicce est finis, mi amice, unice et sole, ecce

FINIS

VERBA QVIBVS IN VIENTNAMIO BELLO
MILITES VSI SVNT QVOQVE HAEC E
RECENTIBVS LATINIS CAPTA IN ORDINE
QVAE IN FABELLA EXPOSITA SVNT HIC
REFERVNTVR

* E *Georg Capellani* e libro FACETIAE LATINAE
(Ferd. Duemmlers Verlag. Bonn 1970)
^ Ex Vietnam-War propia verba collecta apud
complures auctores scribentes de bello illo, vide
praecipue scriptorem *Mark Baker* eius librum
NAM (ABACUS 1982)
¬ The Institute for Advanced Technologies in
the Humanities, University of Virginia.
Glossary of Military Terms and Slang from the
Vietnam War (situm in interrete)

CAPVT PRIMVM

**Centesima septuagesima tertia quae (cohors)
volat** – *173rd Air-bourne*

^ **Investigans Observansque Manus** – *SOG
(Studies and Observation Group)*

^ **Boonii** – *Boonies, The field of combat, the remote jungles*

^ **Ba Muoi Ba** – *A Vietnamese Beer*

^ **Alteriores quam altiores** – *The higher highers*

* **Diffusio radiophonica** – *Radio broadcast*

CAPVT SECVNDVM

Saltatores capulares – *Rock and rollers with one foot in the grave*

Nimium involutum fuit, quam ut in *Vientame* commode versaretur – *Too tightly wrapped for Vientnam*

^ **Zappus** – *Zap, meaning light headedness, frenzy, madness*

^ **Arcus luminosus** – *Arc Light, nickname for B52 Bomber*

* **Autogyronis** – *Helicopter*

Machina oculum habens – *Camera*

In primo extremo tabulae vehi – *Nose riding (Surfer Slang)*

In fluctus vertere – *Cut back (Surfer Slang)*

Qui pedem dextrum anteponit – *Goofy Foot (Surfer Slang)*

Lympha – *Glass (Surfer slang for very smooth water)*

Excellentius ibi vertex datur. Est quique fluctus sex pedum alto, qui utrimque se longius tenet (et) cuius bene cavus praestat – *Tube City (Surfer Slang)*

Ignis tenax – *Napalm*

^Clivi – *Slopes, derogatory term for Vietnamese.*

Tuborum arx – *Tube City, (Surfer Slang)*

*** Aeroplana magna (belli)** – *Bombers*

CAPVT TERTIVM

Pinnarum rota – *Propeller. Blades of a helicopter*

*** Manuballistula** – *Pistol/Handgun*

^ M. IV (mixtum quattuor) – *C 4 (Compound Four) An explosive material. Small amounts of which burn consistently at a high temperature. Used in this way to cook food*

^ Pilleos dirumpere – *To bust caps, that is, to shoot rounds*

^ Ne-Rus (Ne)cavi (U)r(s)us – *Ka-Bar, military knife. The name is derived from a fur trapper's illegible message to the manufactuer; "I (k)illed (a) (b)e(ar) with it"*

CAPVT QVARTVM

¬ Duplices veteres – *A soldier who rapes and then kills a woman is a double veteran*

CAPVT QVINTVM

Viriditas – *'The Green', Jungle*

Ex mentis intentione laborare – *Wired*

^ VIQ (Vexatio Interdictioque) – *H&I,
Harassment and Interdiction. The destruction of
non-military targets in order to hamper enemy
activity*